LANGE NACHT HEIM

Eine Erzählung von

Michael Köhlmeier

Mit Zeichnungen von

von Monika Helfer

bahoe books

Michael Köhlmeier / Monika Helfer
Lange Nacht heim

Erste Auflage

ISBN 978-3-903290-77-8

bahoe books
Fischerstiege 4-8/2/3
A-1010 Wien

bahoebooks.net

Unser Schicksal ändert,
wer seinen Koffer auf den unsrigen legt.

Ramón Gómez de la Serna

In Erinnerung an Paula

Jetzt war alles gut, und sie öffnete die Augen.

Das Mädchen hockte vor ihr, starrte sie an, nahe an ihrem Gesicht.

«Ich hab's mitgekriegt», sagte das Mädchen.

Sie sah das Mädchen an, konnte sich aber nichts merken. Sobald sie die Augen schloss, war das Mädchen weg und auch die Erinnerung an ihr Gesicht. Und war wieder da, wenn sie die Augen öffnete. Ein Zug fuhr vorbei. Sie hörte ihn, sehen konnte sie ihn nicht.

«Tut's weh?», fragte das Mädchen.

«Warum sprichst du meine Sprache?», fragte die Frau.

«Zufall.»

«Was ist mit mir passiert?»

«Ich hab's gesehen», sagte das Mädchen wieder. «Soll ich dir helfen?»

Die Frau versuchte aufzustehen. Sie hielt die Hände an die Seite gepresst. Als wären es nicht ihre Hände.

«Du blutest», sagte das Mädchen. «Dort blutest du, genau dort, wo du hinhältst.»

«Ich weiß aber nicht, warum ich blute», sagte die Frau.

«Tut's weh?»

«Nein.»

«Es könnte trotzdem schlimm sein.»

Um aufzustehen, hätte die Frau die Wunde loslassen müssen. Das wollte sie nicht.

«Ich helfe dir», sagte das Mädchen.

«Was ist mit der Wunde?», fragte die Frau. «Kannst du sie dir ansehen?»

Aber die Hände tat sie nicht weg. Mit den Händen deckte sie die Wunde zu.

«Du bist überfallen worden. Sie haben dir alles weggenommen. Sie haben deine Taschen durchsucht und dir alles weggenommen. Ich hab's gesehen.»

«Und du bist mir nicht beigestanden», sagte die Frau, «hast nicht um Hilfe gerufen?»

«Schau mich doch an», sagte das Mädchen.

Es war kein Kind mehr. Aber viel mehr war es nicht. Dünn war das Mädchen und hatte zu große Kleider an. Einen zu großen Pullover. Auch die Schuhe waren zu groß.

«Wie alt bist du?», fragte die Frau.

«Ich hab's gesehen», sagte das Mädchen. «Ich habe gedacht, ich bleibe bei dir und helfe dir hinterher. Sie waren zu dritt, sie hätten mich auch geschlagen. Das hätte dir nichts nützen können.»

«Hinterher», wiederholte die Frau und steckte dann doch eine Hand nach dem Mädchen aus. «Hinterher wolltest du mir beistehen? Das ist jetzt. Hilf mir, dass ich aufkomme!»

«Sie waren zu stark. Ich hätte nichts gegen sie ausrichten können, zu stark und zu dritt.»

«Das kann ich verstehen», sagte die Frau.

«Kannst du gehen?»

Die Frau war ein Stück größer als das Mädchen.

«Ja, kann ich, ich kann gehen», sagte sie. «Ich bin noch ein bisschen verwirrt. Ich denke, das ist normal. Was denkst du? Das ist doch normal, dass ich ein bisschen verwirrt bin, oder? Du musst mich führen. Wenigstens bei den ersten Schritten. Blute ich noch?»

«Jetzt nicht mehr.»

«Dann ist es nicht so schlimm, meinst du?»

«Das kann ich nicht sagen. Ich kenne mich nicht aus.»

Die Frau stützte sich. Ihre Wange lag auf dem Kopf des Mädchens. So gingen sie ein paar Schritte. Die Haare hatten keinen Geruch.

«Ich bringe dich ins Krankenhaus. Vielleicht ist es doch schlimm.»

«Ins Krankenhaus will ich nicht», sagte die Frau.

Sie hörte ihre eigene Stimme, die war leise, ihre

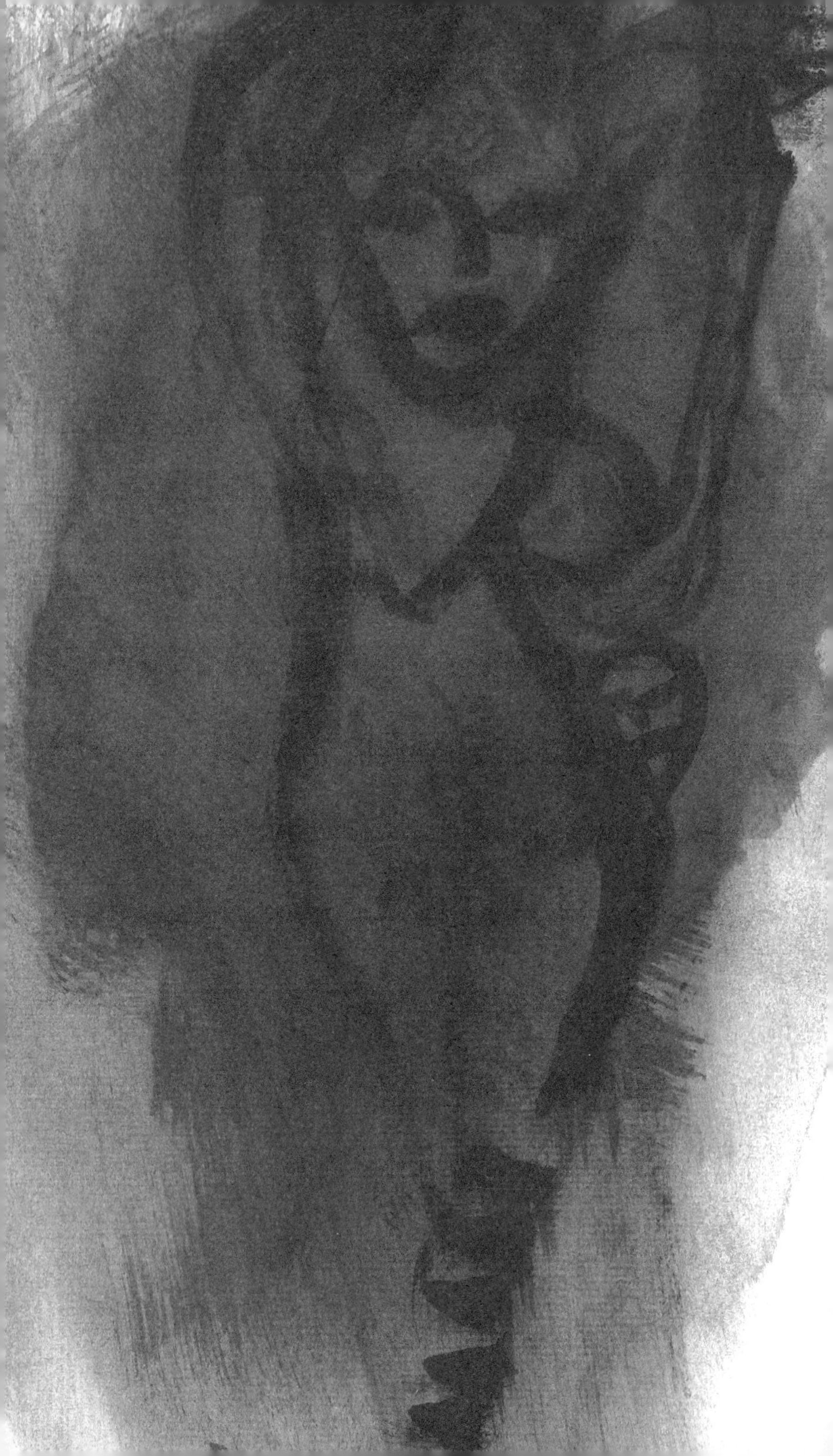

laute Stimme wäre ihr lieber gewesen. Eigentlich hatte sie eine laute Stimme. Jetzt aber war sie leise.

«Das dachte ich mir», sagte das Mädchen. «Ich würde auch nicht gern ins Krankenhaus gehen. Sie müssen einen dort anmelden. Sie nehmen die Personalien auf. Das müssen sie, auch wenn sie es nicht wollen. Bist du illegal hier?»

«Ja. Du auch?»

«Ich weiß es nicht genau. Irgendwie schon, irgendwie nicht.»

«Wie heißt du?»

«Sag Mama zu mir.»

«Du traust mir nicht», sagte das Mädchen. «Sonst würdest du mir deinen Namen sagen.»

«Ich könnte deine Mama sein.»

«Dann sag du Tochter zu mir.»

Mama und Tochter gingen an der Hauswand entlang auf dem nassen Asphalt. Es regnete nicht mehr. Aber der Gehsteig war nass. Tochter hängte sich bei Mama ein, sodass Mama wieder beide Hände auf die Wunde legen konnte. Mama ging vornübergebeugt. Ein Auto war zu hören. Aber von sehr weit her. Auch ein bisschen Wind war. Aber sehr weit oben.

«Wohin führst du mich?», fragte Mama.

«Ich habe einen Freund», sagte Tochter. «Er ist legal hier. Er kann unsere Sprache. Nicht gut, aber gut genug. Er wird verstehen, wo es dir weh tut. Er weiß viel und interessiert sich für alles. Und er ist ein guter Mensch. Er studiert Medizin. Er wird bald ein Doktor sein.»

«Ich kann aber nicht weit gehen», sagte Mama.

«Das denkt man immer», sagte Tochter, «und endlich ist man doch weit gegangen.»

«So müsste ich eigentlich mit dir reden», sagte Mama, «und nicht du mit mir. Ich bin die ältere von uns beiden und wahrscheinlich auch die klügere.»

Hoch über den Häusern sahen sie ein paar Sterne. Die Nacht war kalt, und der Himmel war hell, weil der Mond voll war, aber den sahen sie nicht. Der Wind fiel hinunter auf die Gassen. Niemand war unterwegs, und die Fenster waren dunkel.

«Ich muss trotzdem wissen, wie weit es ist», sagte Mama. «Wenn es weit ist, muss ich erst etwas Warmes zum Überziehen bekommen.»

«Sie haben dir deinen Mantel weggenommen», sagte das Mädchen. «Ich habe mir noch gedacht, warum tun sie das, es ist doch ein Frauenmantel. Vielleicht hat einer von ihnen eine Frau zu Hause, die keinen

Mantel hat. Aber das glaube ich nicht. Sie verkaufen deinen Mantel, das glaube ich.»

«Wenn man verletzt ist, friert man mehr als sonst», sagte Mama.

«Ich kann dir etwas Warmes besorgen», sagte Tochter. «Ich werde dir einen Mantel besorgen. Das ist leicht für mich. Ich kenne einen Schneider, der hat immer etwas übrig, er arbeitet in der Nacht. Dann kommen wir aber etwas später zu meinem Freund. Wenn dir das recht ist? Wenn du das aushältst? Wenn die Wunde nicht blutet, dann hältst du das aus. Habe ich recht?»

«Lass mich nur nicht allein», sagte Mama und schloss die Augen und stand still. Stand lange still.

«Sie lässt Sie nicht allein», sagte eine Stimme, und wie die Stimme klang, war nicht sicher, ob ein Mann sprach oder eine Frau. «Sie muss nur ihre kleine Notdurft verrichten, gleich ist sie wieder bei Ihnen. Alles bleibt *stehen,* nur die Zeit muss *vergehen.* Hoppla, ein Reim!»

Mama stand auf dem Straßenpflaster, stand still, mit einer Hand berührte sie die Hauswand. Jetzt ist es soweit, dachte sie. Sie sind zurückgekommen. Sie haben etwas vergessen. Sie haben vergessen, mich totzuschlagen. Jetzt schlagen sie mich tot, dachte sie und behielt die Augen geschlossen. Es ist besser, wenn Tochter nicht zusieht. Vielleicht muss sie ja gar nicht ihre kleine Notdurft verrichten, vielleicht will sie nur nicht zusehen, wie sie mich totschlagen. Ich kann es ihr nicht verdenken, ich wollte auch nie zusehen, wie ein Mensch totgeschlagen wird. Sie ist nicht mutig, und sie muss nicht mutig sein. Gleich ist es so weit, dachte sie.

Aber es war nicht so weit.

«Haben Sie Geld bei sich?», fragte die Stimme. Da öffnete Mama die Augen.

Es war ein Mann. Aber bunt gekleidet. Gekleidet wie eine Frau. Gekleidet wie eine Frau, die sich ein wenig wie ein Mann kleiden möchte, oder wie ein Mann, der

sich ein wenig wie eine Frau kleiden möchte. Eine Hose und eine Bluse, auf dem Kopf ein Hütchen, auf dem eine Feder steckte. Nur eine Hose und eine Bluse, und das bei dieser Kälte!

«Nein, ich habe kein Geld», sagte Mama. «Mir ist alles weggenommen worden, Sie können mir nichts mehr wegnehmen.»

«Ich will Ihnen doch nichts wegnehmen, um Gottes-willen!», rief der Mann. «Mir ist selber weggenommen worden. Ich habe gehofft, Sie können mir aushelfen. Wenn Sie mir Ihre Adresse geben, schicke ich Ihnen das Geld. Umgehend! Ich will mir nur ein Taxi nehmen, verstehen Sie. Ich komme von einem Rockkonzert. Nein, Sie haben kein Geld. Wenn ich Sie ansehe, denke ich, wir beide haben dasselbe Schicksal. Waren Sie auch bei dem Rockkonzert? Ist Ihnen dort auch der Mantel abhandengekommen? Sie frieren ja!»

Er trat nahe an sie heran und rieb ihre Oberarme. Seine Hände waren sehr warm, das konnte sie durch die Ärmel ihrer dünnen Jacke fühlen.

«Das tut gut», sagte er, «habe ich recht?»

«Ja, das tut gut», sagte sie.

«Ich verdächtige die Gangster bei der Garderobe», sagte er. «Da hängen tausend Mäntel, niemand macht diesen Gangstern einen Vorwurf, wenn sie den Überblick verlieren. Das ist ihre Ausrede. Es wird geschätzt, dass bis zu fünf Prozent der Mäntel bei Rockkonzerten verschwinden. Mit Mänteln lässt sich inzwischen ein Handel aufziehen. Rauchen Sie?»

«Ja, gern», sagte Mama. «Ich bin für jede Zigarette dankbar.»

«Ich auch», sagte der Mann mit dem Hütchen und lachte. «Ich auch, das können Sie mir glauben. Mein bitterster Vorwurf an diese Gangster lautet: dass meine Zigaretten in der Manteltasche waren. Die rauchen jetzt lustig meine Zigaretten. Sie haben nicht zufällig eine Zigarette?»

«Nein.»

«Nicht eine?»

«Nein.»

«Trauen Sie niemandem! Auch der kleinen Pisserin nicht. Hat sie doch eben noch freundlich und lieb mit Ihnen gesprochen, und schon ist sie weg. Warum? Fürchtet sie sich vor mir? Ach was! Vor mir fürchtet sich niemand. Sie haben ihr Geld gegeben? Ja? Dann adé! Haben Sie eine Ahnung, woher ich jetzt einen Mantel kriegen könnte? Oder etwas Ähnliches.»

«Nein», sagte Mama, «leider nein.»

«Ich dachte», sagte der Mann, «ich dachte, ich hätte gehört, dass die Pisserin etwas von einem Schneider gesagt hat, der in der Nähe wohnt und der alte Mäntel verschenkt. Mir wäre wirklich sehr geholfen.»

«Nein, da haben Sie falsch gehört», sagte Mama.

Sie fürchtete, der Schneider könnte den Mann mit dem Hütchen lieber haben als sie und ihm den Mantel geben, falls er nur einen zu vergeben hatte und nicht mehrere. Der da, das sah sie ihm an, der hatte Glück im Leben, jedenfalls mehr als sie, der würde auch ohne sie weiterkommen, der brauchte sie nicht, der brauchte niemanden. Aber sie brauchte jemanden.

«Hätte ja sein können», sagte der Mann mit dem Hütchen. «Jetzt ist mein Körper ja noch heiß vom Konzert. Ich habe einen ziemlich weiten Weg heim. Ich hoffte, sie hätten etwas Geld. Wir hätten ein Taxi nehmen und zu mir nach Hause fahren können. Ich besitze eine gemütliche Wohnung mit einem prächtigen Ofen, und obwohl ich allein lebe, ist mein Kühlschrank immer voll, jederzeit könnte ich ein Essen für zwei Personen zubereiten.»

Wieder rieb er seine Hände an ihren Oberarmen. Sie atmete seinen Duft ein, der war fein, ein feiner Hauch von Rasierwasser. Wie kann sich dieser Duft auf seiner Haut halten, über ein Rockkonzert hinaus?

«Würden Sie mich denn bei sich aufnehmen», fragte sie, «angenommen, wir hätten etwas Geld, um ein Taxi zu bezahlen?»

«Das würde ich», sagte der Mann mit dem Hütchen. «Und zu Hause würde ich mich anders ankleiden. Sie müssen einen falschen Eindruck von mir bekommen haben, in diesem Aufzug. Aber wenn man in meinem Alter ein Rockkonzert besucht, dann gerät man in Versuchung, sich jugendlicher erscheinen zu lassen, als man ist. Können Sie dafür Verständnis aufbringen?»

Jetzt wo sein Gesicht so nah bei ihrem war, sah sie die vielen Falten waagrecht über den Brauen und lotrecht in den Wangen und die Kerben um den Mund.

«Ich könnte aber nicht mit Ihnen gehen», sagte sie, «auch wenn wir etwas Geld für ein Taxi hätten. Auf gar keinen Fall könnte ich mit Ihnen gehen.»

«Auch nicht, wenn ich verspreche, Ihre Wunde professionell behandeln zu lassen?»

«Dann vielleicht schon. Aber auch dann vielleicht nicht.»

«Weil Sie die Pisserin nicht allein lassen wollen?», fragte er.

«Ja», sagte Mama.

Der Mann erhob sich. Er hatte sich nämlich vor ihr niedergekniet.

«Wenn ich schnell gehe und nicht stehenbleibe», sagte er, «kann ich vielleicht ein bisschen von der Wärme des Rockkonzerts in mir halten und werde nicht allzu sehr frieren ohne meinen Mantel. Das heißt aber, unsere Unterhaltung ist zu Ende. Die Unter*haltung* ist zu Ende, weil ich die Wärme *in* mir *halte* – ist das nicht komisch? *Halten – halten.* Verstehen Sie? Man denkt nicht und redet, und die Natur reimt. Über solche *Sachen* könnte ich *lachen.* Schon wieder ein Reim. Jedes Wort trägt im *Keim* einen *Reim.* Ich muss los!»

Er drehte sich um und lief davon, die Straße hinunter und über den Fluss. Auf der Brücke hob er eine Hand zum Gruß, ohne sich umzudrehen.

Er ist sich sicher, dass ich ihm *nachschaue,* dachte Mama. Und er ist sich sicher, dass ich ihn *durchschaue.* Ist das auch ein Reim? Aber was könnte ich in ihm sehen, wenn ich ihn durchschaue? Ich habe nichts gesehen.

Und nun kicherte sie. Weil sie den Mann mit dem Hütchen nicht nur einmal, sondern gleich zweimal belogen hatte, darum kicherte sie. Sie hatte nämlich eine Zigarette. Eine! Die hatte ihr heute jemand geschenkt. Sie erinnerte sich nicht, wer ihr die Zigarette geschenkt hatte. Sie hatte sie in die Außentasche ihrer Jacke gesteckt. Die wollte sie jetzt rauchen.

Aber die Zigarette war nicht mehr da. Da musste sie noch einmal kichern. Darum also hat er mir die Arme warm gerieben. Damit er meine Zigarette stehlen kann. Aber sie fand, es war ein guter Tausch. Eine Zigarette gegen *warme Arme.* Schon wieder ein Reim. Tatsächlich: Die Natur reimt sich. Wenn man sie nur lässt.

«Warum hast du mich alleingelassen?»

«Ich habe dich nicht alleingelassen», verteidigte sich Tochter. «Ich kann es dir erklären. Es war so: Wir sind gegangen, du und ich, ich habe geredet, du hast zugehört, ich habe dir eine Geschichte erzählt, die ich vor ein paar Tagen erlebt habe, und du hast Ja gesagt, immer wieder hast du Ja gesagt, in immer größeren Abständen hast du Ja gesagt, wie man es tut, wenn man zuhört. Ich bin vorausgegangen, du bist hinter mir hergegangen, und ich habe erzählt und steckte ganz tief drinnen in dem, was ich erzählte, und dachte natürlich, du bist hinter mir, aber in Wahrheit bist du stehengeblieben, ich weiß nicht warum. Leider habe ich es zu spät bemerkt, da war ich schon weit. Ich bin erschrocken und bin umgekehrt und habe dich jetzt wiedergefunden.»

«Es ist gut», sagte Mama, «du brauchst dich nicht zu rechtfertigen. Jetzt bist du ja wieder bei mir.»

Aber Mama dachte: Sie hatte Angst vor dem Mann mit dem Hütchen. Sie hat sich versteckt. Das ist die Wahrheit. Vielleicht glaubte sie, er ist einer von denen. Ich habe das zuerst ja auch geglaubt. Und wenn er wirklich einer von denen ist? Sie hat die Männer gesehen. Sie muss es wissen. Vielleicht gab es Streit zwischen den Männern. Vielleicht, weil er für mich

Partei ergriffen hat. Vielleicht wollte er sich bei mir entschuldigen für das, was sie mir angetan haben. Auch die Bösen sind nicht alle gleich. Es gibt auch unter den Bösen Gute. Die Diebe unter den Mördern sind die Guten unter den Bösen.

«Du frierst», sagte Tochter. «Und du bist erschöpft. Du musst dich ausruhen, du musst in die Wärme. Was bleibst du stehen! Gehen wir, der Schneider ist nicht weit von hier.»

«Bist du mutig?», fragte Mama.

«Nein, das bin ich nicht», sagte Tochter. «Aber das muss ich auch nicht sein.»

«Nein, das musst du nicht sein», sagte Mama.

«Es ist bekannt, dass ich immer gleich weglaufe», sagte Tochter.

«Das ist bekannt?», fragte Mama und staunte. «Wem ist das bekannt? Müsste ich das wissen? Warum ist es bekannt?»

«Das sagt man nur so. Ich habe nichts, womit ich mich gegen drei Männer verteidigen könnte», sagte Tochter. «Komm, Mama, ich stütze dich. Was bleibst du dauernd stehen! Leg deinen Arm um mich.»

Der Schneider hatte seine Werkstatt in einer Seitengasse, es war eine Sackgasse, und am Haus des Schneiders endete sie. Licht brannte dort. Die Werkstatt lag im Erdgeschoß, das war ein Glück, denn Mama hätte nicht die Kraft gehabt, über die Stiege nach oben zu gehen. Tochter klopfte an die Fensterscheibe. Da hielt sich Mama im Hintergrund. Ein Schatten erschien, und das Fenster wurde geöffnet. Tochter redete mit einem Mann, Mama konnte sie nicht verstehen, sie redeten in einer Sprache, die sie nicht kannte.

«Wir dürfen hinein», sagte Tochter schließlich. «Er hat viel zu tun, aber wir dürfen hinein. Du darfst dich auch hinsetzen. Es stört ihn nicht im Geringsten. Außerdem ist es warm in seiner Werkstatt. Da steht ein schöner Ofen.»

«In welcher Sprache sprecht ihr?», fragte Mama.

«Das sage ich dir später», antwortete Tochter. «Wenn wir wieder auf der Straße sind, sage ich es dir. Jetzt komm! Und mach die Tür hinter dir zu. Ich geh voraus. Damit er mich zuerst sieht und dann erst dich. Damit er nicht erschrickt.»

«Bin ich denn zum Erschrecken?»

Die Werkstatt war klein, an den Wänden waren Regale, in denen Tuch gestapelt war, und eine lange Stange war zwischen den Regalen, an ihr hingen die

fertigen Kleidungsstücke, aber es waren nur Mäntel, das habe mit der Jahreszeit zu tun, sagte der Schneider. Mitten in der Werkstatt stand ein Tisch, darauf saß er. Nur ein Sessel war da. Den bot er Mama an. Der Sessel stand dicht am Ofen. Alles musste doppelt gesagt werden, einmal in dieser Sprache, dann noch einmal in jener.

«Ich habe drei Mäntel zur Auswahl», sagte der Schneider, und Tochter übersetzte. «Ich bin ungefähr so groß wie sie», sprach er weiter und stieg vom Tisch, «ein bisschen kleiner vielleicht, das macht aber nichts. Sag ihr, ich werde die Mäntel einen nach dem anderen anziehen, und sie soll entscheiden, welchen sie haben möchte.»

«Es spielt doch keine Rolle», sagte Mama, «er soll mir den geben, der am wenigsten wert ist, er braucht nicht schön zu sein, nur warm soll er sein. Wir haben nicht viel Zeit, bitte, sag ihm das. Du hast doch nicht meine Wunde vergessen.»

«Nein, deine Wunde habe ich nicht vergessen», sagte Tochter und übersetzte, was Mama gesagt hatte, und hörte sich die Antwort des Schneiders an.

«Er will es trotzdem», sagte sie. «Er ist stolz auf seine Arbeit, und nur selten kommt jemand und unterhält sich mit ihm. Die meiste Zeit steht der Sessel nur so da und ist leer. Und was ist schon dabei! Jetzt sitzt du und kannst dich ausruhen, hier ist es warm und trocken. Bitte, tu mir den Gefallen und nicke bei jedem Modell, und vielleicht gelingt es dir ja auch zu lächeln. Tu so, als könntest du dich nicht entscheiden. Es ist gut, wenn wir länger hierbleiben. Du brauchst Ruhe und Wärme und Trockenheit.»

Der Schneider schlüpfte nacheinander in die drei Mäntel, in den braunen dünnen langen, den schwarzen mit der Kapuze und den hellen gefütterten mit dem dicken Pelzkragen und dem Pelzbesatz an den Ärmeln. Er drehte sich, knöpfte zu, knöpfte auf, stellte den Kragen hoch, legte den Kragen um, band den Gürtel, öffnete ihn wieder. Einmal spielte er eine einsame Frau, die eine schlechte Nachricht erhalten hatte und durch eine gewittrige Sommernacht eilte. Einmal war er ein junges Mädchen, das sich im Frühlingsregen drehte. Zuletzt zeigte er eine Dame im Winter, vornehm und in Erwartung.

Mama nickte und lächelte und sagte, sie könne sich nicht entscheiden, und Tochter übersetzte, und Mama sagte dann doch, der letzte, der mit dem Pelzkragen und dem Pelzbesatz an den Ärmeln, der helle, gefütterte, der gefalle ihr am besten, sicher sei der auch der wärmste.

Tochter wollte übersetzen, aber der Schneider winkte ab. Er tat, als wäre er ratlos, ging um den Tisch herum und wehrte immer wieder ab, als würde ihn jemand in seinem Nachdenken unterbrechen wollen, und hob schließlich den Zeigefinger und sagte, er habe noch ein Stück, ein besonderes, ja, er glaube, dieses Stück habe all die Jahre auf diese Gelegenheit gewartet. Er kroch zwischen die Mäntel, die an der Stange hingen, und war nicht mehr zu sehen und nicht mehr zu hören.

«Wo ist er?», fragte Mama.

«Er wartet», sagte Tochter, «er will es spannend machen. Es soll eine Überraschung werden.»

«Aber ich muss doch weiter», sagte Mama. «Blutet meine Wunde wieder? Schau! Blutet sie?»

«Ich sehe nichts», sagte Tochter.

«Aber er wird mir doch den hellen Gefütterten geben», sagte Mama. «Den würde ich sehr gern haben. Sag es ihm, bitte, sag es ihm!»

Es war ein dünner Fetzen, den der Schneider brachte, gar kein schönes Stück. «Der ist es», sagte er. «Nehmen Sie ihn! Sie soll ihn nehmen, sag es ihr. Ich brauche ihn gar nicht erst vorzuführen. Er ist für sie. Und nun geht, ich muss weiterarbeiten. Sag es ihr.»

«Willst du ihn nicht fragen, ob er für dich auch einen Mantel hat?», flüsterte Mama, als sie schon bei der Tür waren. «Du wirst frieren in dem dünnen Zeug, das du anhast. Das ist nur ein Pullover und ein dünner dazu. Er wird dir sicher auch einen Mantel geben, dir sicher sogar einen besseren. Ich bin nicht neidisch. Und wenn er ihn dir nicht schenkt, wird er ihn dir sicher leihen. Dann kannst du ihn morgen zurückbringen.»

«Das ist schon recht», sagte Tochter. «Ich friere nicht.»

So traten sie hinaus auf die Gasse und gingen weiter.

«Was ist mit dir?», fragte Tochter.

Mama war wieder stehen geblieben und hielt sich mit der Hand am Brückengeländer fest. Der Fluss unter ihnen war an den Rändern zugefroren. Das Licht der Laternen spiegelte sich auf dem Eis.

«Ein kleiner Schwindelanfall», sagte Mama. «Gleich geht es wieder.»

«Weil du Hunger hast», sagte Tochter. «Wann hast du zum letzten Mal etwas gegessen?»

«Das weiß ich nicht genau», sagte Mama. «Wie viel Zeit ist denn vergangen?»

«Du musst etwas essen», sagte Tochter. «Sonst wird dir wieder schwindelig. Das ist nicht gut. Du musst dich stärken.»

«Vielleicht hat ja dein Freund etwas zu Hause», sagte Mama. «Ein Stück Brot würde mir schon genügen. Das könnte ich langsam kauen, während er meine Wunde behandelt. Das würde mir guttun.»

«Der hat nichts zu Hause», sagte Tochter, «ich kenne ihn. Er hat nicht einmal einen Kühlschrank. Er isst immer auswärts. Höchstens, dass er einen Apfel hat.»

«Ein Apfel wär schön», sagte Mama, «ein Apfel würde mir genügen.»

«Du hast mich nicht aussprechen lassen», sagte Tochter. «Ich wollte sagen, wenn er einen Apfel zu Hause

hat, isst er ihn gleich auf. Er hat also keinen Apfel zu Hause.»

«Ich muss mich einen Augenblick setzen», sagte Mama. «Ich habe gar keine Kraft mehr.»

Sie ließ sich zu Boden gleiten, behielt die Hand aber am Brückengeländer. Die Finger umklammerten nun das untere Gestänge. Es war eine kleine Brücke, und es war ein kleines Wasser darunter, und es floss nur sehr langsam. Wenn sie die Hand ausgestreckt hätte, hätte sie das Wasser berühren können. Es würde kalt sein wie Eis.

Da sah sie eine Zeitung schwimmen. Es war nur eine Seite, weit aufgeschlagen schwamm sie träge auf dem Wasser. So nahe war sie ihren Augen, dass sie die Schlagzeile hätte lesen können. Aber sie konnte sie nicht lesen, denn sie war in einer Sprache verfasst, die sie nicht verstand. Da erinnerte sie sich. Und für einen Augenblick war sie glücklich. Nämlich, weil sie schon gefürchtet hatte, sie könnte ihr Erinnerungsvermögen verloren haben. Man weiß ja, das passiert. Das passiert oft sogar. Nach einem Schock. Sie war überfallen worden und war verletzt worden, vielleicht sogar schwer verletzt worden. Sie hatte einen Schock erlitten. Aber jetzt erinnerte sie sich. Sie erinnerte sich, dass sie einen Artikel in einer Zeitung gelesen hatte. Sie wusste nicht, wann das gewesen war und wo es gewesen war, und ob sie allein gewesen war oder mit anderen zusammen. Aber sie erinnerte sich, was in dem Artikel gestanden hatte. Da war gestanden, dass eine Granate oder mehrere Granaten in einen Pferdestall eingeschlagen waren und dass der Stall zudem in Brand gesetzt worden war. Ein Augenzeuge berichtete. Er habe gesehen und habe gehört. Er habe gesehen, wie sich ein Pferd, dessen Vorderbeine zerfetzt waren, auf den Hinterbeinen aus dem Feuer geschleppt und draußen im Kreis gedreht und geschrien habe, geschrien, wie er Pferde nicht zugetraut habe, dass sie schreien können, und die Pferde im Stall hätten auch geschrien, nicht gewiehert, sondern geschrien, einige seien durch die brennenden Wände gebrochen und davongaloppiert, auf dem Rücken brennende Trümmer. Das hatte sie in der Zeitung gelesen, sie wusste nicht wann und wusste nicht wo, und ob sie allein gewesen war oder zusammen mit anderen. Und nun war die Zeitung aus ihren Augen geschwommen, und sie blickte hinunter aufs Wasser und dachte an das Feuer.

«Komm auf!», rief die Tochter. «Auf! Nicht hier! Hier kannst du dich nicht ausruhen. Gehen wir von der Brücke! Du wirst dich erkälten. Das noch dazu. Steh auf! Nimm dich zusammen! Ich helfe dir. Ich lass dich nicht im Stich. Leg deinen Arm um mich. So. Ja. So ist es gut. Und jetzt geh. Geh! Setz einfach einen Schritt vor den anderen. Wir hätten länger in der Werkstatt beim Schneider bleiben sollen. Der hätte sicher einen Apfel gehabt oder ein Brot.»

«Ich hätte ja länger bleiben wollen», sagte Mama. «Er war es, der uns weggeschickt hat. Er hat gesagt, wir sollen gehen, er habe noch zu arbeiten. Erinnerst du dich nicht?»

«Das hast du falsch verstanden», sagte Tochter.

Mama hatte einen Arm um sie gelegt, so gingen sie von der Brücke.

«Dort vorne», sagte Tochter, «dort setzen wir uns hin und rasten. Siehst du? Dort.»

«Wo? Ich sehe nichts.»

«In den Hauseingang dort, dorthin setzen wir uns.»

Sie kauerten sich auf die Steinstufen. Tochter stellte den Kragen an Mamas Mantel auf, damit Mamas Ohren gewärmt würden.

«Was habe ich falsch verstanden?», fragte Mama. «Ich wäre gern noch bei dem Schneider geblieben. Warum hat er mir nicht den hellen Gefütterten geschenkt, den mit dem Pelzkragen und dem Pelzbesatz an den Ärmeln? Dieser hier wärmt nicht. Er ist wie nichts.»

«Jetzt können wir nicht mehr zurück», sagte Tochter. «Aber ich weiß, wo wir Brot herbekommen können. Es liegt am Hunger, nicht am Mantel. Wer hungrig ist, friert. Wenn du hier wartest, ich komme gleich. Vielleicht bringe ich auch einen Apfel mit.»

«Das will ich nicht», sagte Mama. «Ich will hier nicht allein sein. Lass mich nicht allein. Ich will mit dir gehen. Ich kann gehen. Ich werde mich zusammennehmen.»

«Gut, wenn du nicht hierbleiben willst», sagte Tochter. «Aber es wird länger dauern, wenn wir gemeinsam gehen, und du bist müde, sehr müde.»

«Vielleicht steckt ja in meinem Mantel etwas zu essen», sagte Mama. «Das kann doch sein. Willst du nachsehen?»

Tochter suchte die Manteltaschen ab. In der letzten fand sie ein Karamellbonbon. Sie wickelte es aus und steckte es Mama in den Mund.

«Glaubst du, das genügt?», fragte sie.

«Ich glaube schon», sagte Mama. «Warum hat der Schneider ein Karamellbonbon in die Manteltasche gesteckt? Was glaubst du?»

«Ich denke, das ist seine Werbung für sein Geschäft», sagte Tochter. «Ein kleines Geschenk für seine Kunden. Eine Überraschung.»

«Wenn ich wieder ganz gesund bin», sagte Mama und rückte nahe an Tochter heran, «und wenn ich etwas Geld habe, dann werde ich mir einen Mantel bei ihm machen lassen. Nein, ich werde zwei Mäntel bei ihm machen lassen. Einen für mich und einen für dich. Das musst du mir erlauben. Ich habe dich gar nicht gefragt, ob du heute Nacht eigentlich etwas anderes vorhast. Hast du einen Freund? Du bist sehr hübsch, sicher hast du einen Freund. Wartet er jetzt auf dich?»

«Ich habe viele Freunde.»

«Aber einen Freund hast du nicht?»

«Doch, ich sage ja, ich habe viele Freunde. Kannst du aufstehen? Wir müssen weiter.»

«Können wir nicht noch einen Augenblick sitzen bleiben? Es ist schön, mit dir zu sprechen.»

«Nein», sagte Tochter und stand auf und nahm Mamas Hände und zog daran, bis Mama sich erhob. «Wir müssen gehen.»

«Nur einen Augenblick noch», sagte Mama. «Was hast du mir erzählt, als du glaubtest, vor mir herzugehen?»

«Ach, das war nichts Wichtiges.»

«Es interessiert mich aber. Willst du es mir nicht erzählen?»

«Ich möchte das Gleiche nicht noch einmal erzählen. Es war eine Geschichte, als ich klein war.»

«Rück ein bisschen näher zu mir», sagte Mama. «Dann wird uns beiden wärmer. Magst du an dem Bonbon weiterlutschen? Die Hälfte ist noch da. Etwas Süßes. Das magst du doch sicher.»

Sie nahm aus dem Mund, was von dem Bonbon übrig war, und ließ es sich von Tochter aus der Hand schlecken.

«Als du klein warst», sagte Mama, «warst du mutiger als heute. Ich war auch mutiger, als ich klein war. Kinder sind mutig, weil sie nicht wissen, was alles passieren kann. Manche bilden sich sogar ein, schwimmen zu können, weil sie sehen, wie Erwachsene schwim-

men. Komm näher, noch näher! Vielleicht ist ein zweites Bonbon in meinem Mantel. Ich glaube nicht, dass der Schneider in diesen Mantel ein Bonbon gegeben hat, um für sein Geschäft zu werben. Ich glaube, er hat den Mantel von einem Hehler gekauft, der ihn von irgendwelchen Dieben hatte, und die haben die Taschen nicht gründlich genug durchsucht und haben das Bonbon übersehen. Du hast auch Hunger, das sehe ich dir an. Ein Bonbon ist für uns beide zu wenig.»

Tochter erhob sich und zog Mama an beiden Händen auf die Beine. «Wenn du gesund wärst», sagte sie, «wär's nicht weit. So aber haben wir ein ordentliches Stück vor uns bis zum Bäcker. Aber das ist gut so. Da kommen wir gerade rechtzeitig, wenn er mit seiner Arbeit beginnt. Ich glaube, genau in diesem Moment klingelt sein Wecker. Gleich steht er auf, gleich geht er unter die Dusche, dann zieht er sich an, dann wird er eine Kleinigkeit frühstücken, er wird die Nachrichten im Radio hören, und dann geht er in die Backstube hinunter und bereitet alles vor und wartet, bis sein Geselle kommt.»

Es war ein weiter Weg. Immer wieder bogen sie um eine Ecke und gingen durch eine Gasse. Niemandem begegneten sie. Was wohl der Grund sei, warum sie niemandem begegneten, fragte Mama. Die Nacht, antwortete Tochter. Aber auch in der Nacht seien doch Menschen unterwegs, sagte Mama. Schon, sagte Tochter, aber nicht in dieser Gegend, nicht in diesen Gassen. Weil die Gegend so gefährlich ist? Vielleicht ja, vielleicht nein, sagte Tochter. Wenn niemand da ist, ist es nicht gefährlich, denn Gefahr geht ja hauptsächlich von Menschen aus. Andererseits, wenn niemand da ist, ist niemand da, der einem helfen könnte, wenn doch einer kommt oder wenn zwei oder drei kommen, die einem etwas tun wollen.

So redeten sie, und so verging die Zeit, und der Weg wurde kürzer. Und so kamen sie zur Bäckerei, und sie kamen gerade zur rechten Zeit, der erste Teig war bereits in den Ofen geschoben worden.

Der Bäcker war ein Mann mit einem weißen Bart. Es hätte sein können, dass der Bart weiß war vom Alter, oder aber, dass er weiß war vom Mehl. Geduldig hörte er sich an, was ihm Tochter erzählte.

«Es hat schon genützt, wenn Mehl auf eine Wunde gestreut wurde», sagte er. «Es kommt auf die Wunde

an. Bei kleinen Wunden nützt Mehl.» Ob er sich die Wunde anschauen dürfe.

Mama zog Jacke und Mantel aus. Das fiel ihr leicht, denn in der Backstube war es warm, noch viel wärmer als in der Schneiderwerkstatt war es hier. Sie schob ihr Hemd nach oben, sodass die Haut an der wehen Seite frei war.

«Ich möchte lieber nicht hinschauen», sagte sie, und Tochter übersetzte.

Der Bäcker ging in die Hocke und betrachtete die Wunde. Auch Tochter wollte nicht hinsehen, sie drehte sich um und lächelte dem Gesellen zu. Der lächelte zurück.

Zunächst müsse die Wunde verbunden werden, sagte der Bäcker. «Aber der Verband muss unbedingt steril sein. Schlimmer als die Wunde selbst sind meist die Folgen.»

Ohne den Blick von der Wunde zu wenden, gab er dem Gesellen Befehl, das erste Brot aus dem Ofen zu holen. Es duftete in der Backstube, und das machte Mama glücklich. Es machte sie glücklich, obwohl sie das besorgte Gesicht des Bäckers vor sich sah. Er berührte die Haut um ihre Wunde herum, kam nah mit dem Gesicht heran. Seine Augen sind nicht mehr die besten, sagte Tochter. Er nickte und dachte nach und bewegte dabei die Lippen, als repetiere er still für sich Erinnertes.

«Es sieht leider gar nicht gut aus», sagte er endlich. «Sie muss ins Krankenhaus.»

«Sie kann nicht ins Krankenhaus», sagte Tochter. «Sie ist illegal hier. Die Ärzte würden sie anzeigen. Kannst nicht du ihre Wunde verbinden?»

«Frisches Brot ist steril», sagte der Bäcker. Über die Schulter rief er dem Gesellen zu: «Gib mir einen Laib! Einen mittleren.» Er riss das Brot in zwei Hälften, eine legte er mit der weichen Seite auf die Wunde. «Sie muss die Hand darauf pressen, sagte er. Sag ihr das!»

Tochter übersetzte.

«Und zu essen gibt er uns auch etwas?», fragte Mama.

«Es ist besser, man geht in ein Krankenhaus und man wird angezeigt, aber man überlebt, als man geht nicht in ein Krankenhaus und wird nicht angezeigt und überlebt nicht», sagte der Bäcker.

Auch das übersetzte Tochter.

Dann saßen sie eine Weile und aßen Brot und tranken Wasser dazu, der Bäcker, sein Geselle, Mama und Tochter.

«Ich will trotzdem nicht ins Krankenhaus», sagte Mama. «Gehen wir zu deinem Freund.»

«Sollen wir nicht noch eine Weile hier sitzen bleiben?», fragte Tochter. «Hier ist es warm und trocken, wärmer und trockener als beim Schneider, und der Bäcker ist ein besserer Mensch als der Schneider. Außerdem riecht es hier sehr gut.»

«Gefällt dir der Geselle?», fragte Mama. «Mir an deiner Stelle würde er gefallen.»

«Ich kann ja wieder hierher zurückkommen», sagte Tochter.

«Das solltest du», sagte Mama.

Sie bedankten sich beim Bäcker und gingen.

Als sie schon auf der Straße waren, kam ihnen der Geselle nachgelaufen. Wieder lächelte er Tochter an, aber gesprochen hat er nur mit Mama.

«Hier», sagte er in ihrer Sprache, «ich habe etwas für Sie.»

«Warum kann er unsere Sprache?», fragte Mama.

«Zufall», sagte Tochter.

Der Geselle gab Mama eine Zigarette. Und dann noch eine.

«In der zweiten ist ein bisschen Marihuana», sagte er. «Das tut gut. Sie werden sehen. Eine Waffe gegen den Schmerz. Ich habe sie mir für nach der Arbeit aufgespart. Aber ich kann gut darauf verzichten.»

«Ich habe keine Streichhölzer», sagte Mama.

Da gab ihr der Geselle auch noch seine Streichhölzer.

«Sind wir nicht durch eine andere Tür in die Bäckerei gekommen?», fragte Mama. «Ich kenne mich hier nicht aus. Auf dieser Straße sind wir doch nicht gekommen.»

«Du hast recht», sagte Tochter. «Das ist ein gutes Zeichen. Ich glaube, es geht aufwärts mit dir. Das Brot war gut. Jetzt haben wir keinen Hunger mehr, und warm ist uns auch, und getrunken haben wir auch. Hier stehen Bäume. Sie haben jetzt keine Blätter, aber im Sommer ist das eine schöne Allee. Ich bin absichtlich durch die Hintertür gegangen. Mir ist nämlich eine Abkürzung eingefallen, da sind wir viel schneller bei meinem Freund. Lauter gute Nachrichten, findest du nicht auch? Drückst du das Brot auf deine Wunde?»

«Du bist so gut zu mir», sagte Mama. «Ich vertraue dir.»

«Aber wir werden ein Stück kriechen müssen», sagte Tochter. «Glaubst du, du kannst kriechen? Vielleicht müssen wir ja auch nicht kriechen, vielleicht genügt es, wenn wir gebückt gehen.»

«Gebückt gehen kann ich», sagte Mama.

«Eigentlich müssten wir um den ganzen Häuserblock herumgehen», sagte Tochter, «und das ist ein langer Weg. Jetzt zeige ich dir die Abkürzung», sagte sie.

Tochter schlug mit dem Fuß die Scheibe eines Kellerfensters ein. Sie zwängten sich durch das Fenster, und dann gingen sie von einem Kellerabteil zum nächsten. Die Kellerabteile aber waren sehr niedrig, weil Kisten auf dem Boden gestapelt waren, und über die Kisten mussten sie drüber, und das konnten sie nur, wenn sie gebückt gingen.

Tochter ging voraus, Mama folgte ihr. Hier war es dunkel, Tochter sagte, sie solle immer eine Hand ausstrecken, damit sie nicht anstößt. Es roch muffig, und Mama musste schneller atmen als sonst, weil weniger Luft hier unten war. Darum musste sie auch immer wieder rasten. Und so geschah es, dass sie Tochter verlor. Auf einmal war sie allein und wusste nicht mehr, in welche Richtung sie gehen sollte. Sie wollte nach Tochter rufen, aber ihre Stimme wollte nicht. Nein, dachte sie, mit mir geht es nicht aufwärts. Und nun musste sie doch kriechen.

Sie kroch und wusste nicht wohin, und da hörte sie Stimmen vor sich. Sie sah einen Lichtschein vor sich und kroch darauf zu. Es waren Männerstimmen. Erst meinte sie, es seien nur zwei, dann hörte sie, es waren drei. Dann sah sie die drei. Sie saßen in einem

Zimmerchen, das hatte ein kleines Fenster mit einer verstaubten und verrußten Scheibe. Ganz nahe kroch sie an die Scheibe heran. Es waren die Männer, die sie überfallen hatten. Sie sah ihren Mantel, der lag auf der Bank neben einem von ihnen. Ihre Handtasche sah sie, die lag daneben. Und das Messer sah sie, mit dem sie niedergestochen worden war, an dem war noch ihr Blut. Sie hörte die Männer reden und lachen, sah wie sie ausspuckten und an ihren Zigaretten zogen, sah, wie der breiteste von ihnen mit einem Streichholz in seinen Zähnen stocherte.

Da packte sie eine Wut und ein Mut, eine Wut und ein Mut, wie sie solche nie in ihrem Leben gekannt hatte. Sie wollte das Fensterchen einschlagen und sich auf ihre Widersacher stürzen. Sie spürte, dass Wärme und Kraft in ihre Muskeln zurückkehrten. Wärme und Kraft, Wut und Mut – wer könnte dieser Mannschaft standhalten!

Sie sah, wie einer der Männer, der breiteste nämlich, vom Tisch aufstand. Sie duckte sich in die Dunkelheit. Auch der zweite erhob sich und nun auch der dritte. Lachend drängten sie durch die Tür, und während sie drängten, öffneten sie bereits ihre Hosen, und noch hatte nicht jeder seinen Platz gefunden, da sprudelte das Wasser auch schon aus ihnen heraus.

Mama wusste, dass Männer, wenn sie zu dritt ihr Wasser abschlagen, gern noch eine Weile darüber hinaus stehenbleiben und reden und lachen, weil die gemeinsame Erleichterung so etwas Schönes ist. Darum wagte sie, das Zimmerchen zu betreten. Sie griff nach dem Messer, das auf der Bank lag und das noch blutig war von ihrem Blut. Sie hörte die Männer lachen und reden. Sie wartete.

Es war etwas Schönes, Wut und Mut, Wärme und Kraft wieder zu spüren. Aber warten macht müde, und so glitt ihr das Messer aus der Hand, und die Augen fielen ihr zu.

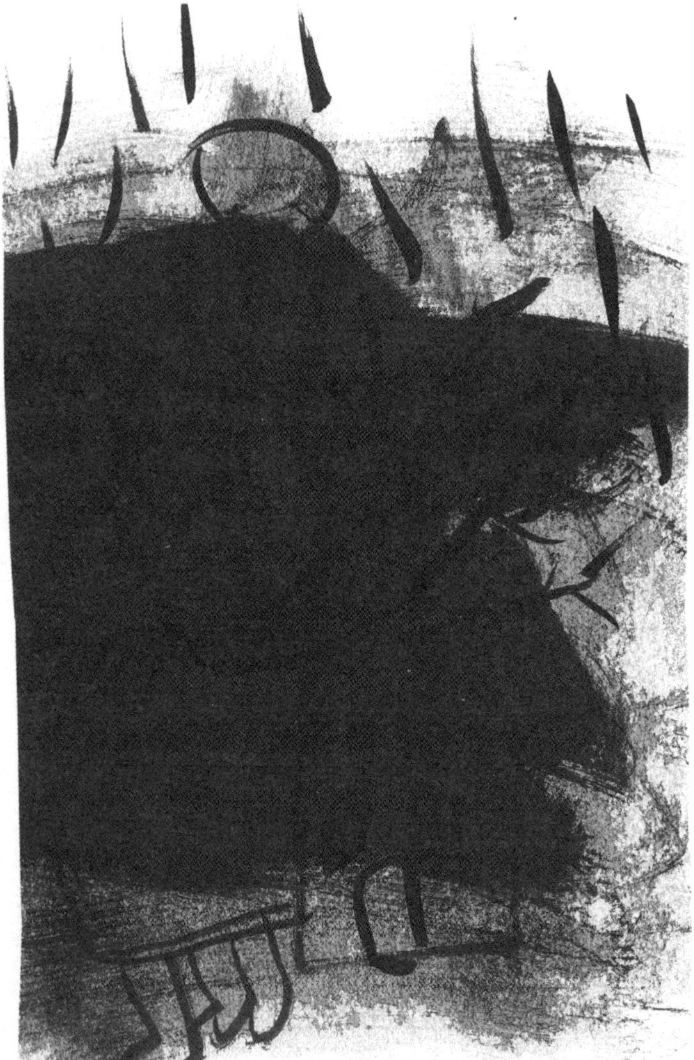

Tochter legte die Hand an ihre Schulter.

«Komm», flüsterte sie, «wir müssen uns beeilen! Was nützt eine Abkürzung, wenn man dauernd Rast macht!»

«Hilf mir», sagte Mama. «Zu zweit können wir uns ihnen stellen. Ich habe ihr Messer. An dem Messer ist mein Blut.»

«Du hast das Messer fallenlassen», sagte Tochter. «Beeil dich! Sie lachen schon nicht mehr. Gleich sprechen sie auch nicht mehr. Dann sind sie da.»

«Aber mein Mantel», sagte Mama. «Hier liegt mein Mantel. Siehst du? Es ist ein so guter Mantel. Ich habe ihn von meinem Mann geschenkt bekommen. Er ist nicht nur schön und warm, er erinnert mich auch an meinen Mann. Er hat einen weiten Kragen, keinen Pelzkragen, ein Mantel mit Pelzkragen wäre zu teuer gewesen, aber ein warmer Kragen ist es auf jeden Fall. Manchmal, wenn ich traurig bin, stelle ich den Kragen auf, sodass mein Gesicht ganz in ihm verschwindet, dann spreche ich mit meinem Mann. Kannst du dafür Verständnis aufbringen? Darf ich denn wenigstens meinen Mantel mitnehmen?»

«Nein», sagte Tochter. «Es ist zu spät. Hörst du? Sie sprechen nicht mehr. Gleich sind sie da.»

Sie krochen und gingen gebückt und bückten sich und krochen auf der anderen Seite des Häuserblocks aus einem Kellerfenster und waren wieder auf der Straße.

Die Straße war hier breiter. Ab und zu kamen ihnen Autos entgegen. Sie sahen die Scheinwerfer von weitem. In manchen Fenstern brannte Licht. Die Vorhänge aber waren vorgezogen. Die Ampeln blinkten gelb. Der Wind war schärfer geworden. Mit einer Hand hielt sich Mama die Wunde, das Brot hatte sie verloren, als sie die Fäuste gegen die Männer geballt hatte, mit der anderen umfasste sie die Enden des Mantelkragens, sodass Nase und Mund geschützt waren. Tochter ging einen halben Schritt hinter Mama. Eine Hand hatte sie auf Mamas Rücken gelegt. Sie schob Mama. Aber es ging trotzdem nur langsam voran.

«Ist es noch weit?», fragte Mama.

«Bis wohin?», fragte Tochter.

«Bis zu deinem Freund, der mir helfen kann. Hast du etwa vergessen, warum wir unterwegs sind? Hast du meine Wunde vergessen?»

«Da sind wir», sagte Tochter.

«Wo?»

«Dreh dich nach links, du stehst vor seiner Tür.»

Es war eine hohe Tür, aber dunkel. Nur die Klingeln waren schwach beleuchtet.

«Seine Klingel ist immer die einzige, auf der kein Name steht», sagte Tochter. «Das kommt aus der Zeit,

als er noch illegal hier war. Er sagt, er wird bis an sein Lebensende seinen Namen nicht unter eine Klingel setzen.»

«Es gibt aber zwei Klingeln ohne Namen», sagte Mama.

«Die andere gehört dem Hausmeister», sagte Tochter. «Drück auf die obere.»

«Mach du das bitte», sagte Mama.

Tochter klingelte fünfmal. «Das ist mein Zeichen», sagte sie. «Er wird gleich herunterkommen und öffnen.»

«Wohnt er denn weit oben?», fragte Mama, und ihr war bange.

«Ja, er wohnt weit oben, und meistens ist leider der Lift kaputt.»

«Vielleicht ist er heute nicht kaputt», sagte Mama.

Sie warteten. Dann klingelte Tochter wieder. Aber ihr Freund, der Medizinstudent, kam nicht. Tochter klingelte ein drittes Mal.

«Er ist nicht zu Hause», sagte Mama.

«Doch, er ist zu Hause», sagte Tochter. «Er lernt. Und hört nichts. Wenn er lernt, setzt er sich die Kopfhörer auf und hört laute Musik. So könne er am besten lernen, sagt er. Aber dann hört er nicht, wenn es an seiner Tür klingelt. Darum hat er mir seinen Wohnungs-

schlüssel gegeben. Damit ich zu ihm kann, auch wenn er lernt und Musik hört.»

Mama lächelte, oder sie meinte, sie lächle. «Dann ist er eben doch dein Freund», sagte sie. «Er ist sicher gut zu dir. Wenn er dir seinen Schlüssel gibt, ist er gut zu dir. Dann ist er auch gut zu mir.»

«Ich habe den Schlüssel zu Hause vergessen», sagte Tochter. «Ich muss beim Hausmeister klingeln. Er gibt mir seinen Schlüssel. Er wird schlecht gelaunt sein, weil wir ihn geweckt haben. Aber das macht nichts.»

«Meinst du, ich darf mich kurz auf die Schwelle setzen?», fragte Mama.

«Das darfst du bestimmt», sagte Tochter. «Der Hausmeister schaltet erst das Licht an, und dann hören wir seine Schritte, und dann hören wir ja auch, wenn er aufsperrt. Dann hast du noch genug Zeit, um aufzustehen.»

Sie klingelte beim Hausmeister, das war die andere Klingel ohne Namen. Aber beim Hausmeister klingelte sie nicht fünfmal, sondern nur einmal.

«Wenn ich das überstanden habe», sagte Mama, «können wir uns dann wiedersehen? Ich hätte es gern, wenn wir befreundet bleiben. Ich kenne in dieser Stadt nur wenige Leute, und die kenne ich nicht gut. Hättest du gern eine Freundin wie mich? Ich besitze ein paar Vorzüge, du wirst sehen. Darüber redet man aber nicht. Ich verspreche dir, wir machen uns einen Abend, du und ich, da sollst du nur von dir erzählen. Ich halte den Mund und höre dir zu. Das verspreche ich dir. Dann verraten wir einander auch, wie wir heißen. Willst du das? Kannst du dir das vorstellen?»

Da ging das Licht im Hausflur an, und sie hörten die Schritte des Hausmeisters, und sie hörten, wie er vor sich hin schimpfte, und hörten, wie er den Schlüssel ins Schloss steckte. Gerade gelang es Mama noch, sich von der Schwelle zu erheben. Gekrümmt stand sie da, als der Hausmeister die Tür öffnete.

«Was wollt ihr denn?», fragte er. «Ihr habt mich aufgeweckt.»

Neben ihm stand ein Hund. Ein großer schwarzer. Mit einem Riesenmaul und einem Halsband mit Stacheln aus glänzendem Metall. So viele Zähne waren in dem Maul, dass sich das Maul nicht schließen ließ. Wenn Mama auch nur ein Fingerchen bewegte, schob der Hund den Kopf vor und knurrte.

«Ich brauche den Schlüssel», sagte Tochter. «Tut mir leid, dass wir dich geweckt haben.» Und zum Hund sagte sie: «Na, mein Braver.»

«Tut dir immer leid», sagte der Hausmeister.

«Der Hund», sagte Mama leise.

«Der ist ein ganz Lieber», sagte Tochter.

«Er knurrt mich an», flüsterte Mama.

«Das verstehst du falsch», sagte Tochter.

«Eine zweite Wunde kann ich mir nicht leisten», sagte Mama.

«Gut», sagte der Hausmeister. «Jetzt seid ihr einmal da, jetzt bin ich einmal wach. Jetzt ist nichts mehr zu ändern.» Mit Mama sprach er nicht, schaute sie nicht einmal an. «Also kommt herein», sagte er. «Ich muss die Tür zumachen, es zieht. Der Lift geht nicht. Den repariere ich erst morgen.»

«Das sagst du immer», sagte Tochter.

«Dann reparier ihn eben du», brummte der Hausmeister.

Mama hätte sich gern eingemischt, aber sie sagte nichts. Sie hätte gern entgegnet, dass Tochter ein prächtiger Mensch sei und dass er bitte freundlicher mit ihr reden solle. Aber sie sagte nichts. Sie ging hinter Tochter her, hielt sich nahe bei ihr, sodass der Hund vielleicht meinen konnte, sie sei ein Stück von ihr. Wahrscheinlich meinte das der Hund, denn er knurrte nun nicht mehr.

Der Hausmeister gab Tochter einen von seinen Schlüsseln. Sein Gesicht zeigte immer noch schlechte

Laune, aber seine Faust boxte gegen ihre Schulter, und das sah liebevoll aus.

«Du bist mir eine», sagte er. «Wirf ihn mir einfach durch den Türschlitz. Du bist mir eine, du.»

Dann war er weg. Und der Hund war auch weg.

«Ich hätte ihm gern noch gedankt», sagte Mama.

«Das ist nicht nötig», sagte Tochter. «Ich richte es ihm aus. Das nächste Mal.»

Es war ein mühsamer Weg hinauf in den dritten Stock. Mama musste sich immer wieder auf die Stufen setzen. Einmal ist sie sogar eingeschlafen, und Tochter hat sie schlafen lassen. Aber nur ein paar Minuten lang, dann hat sie gesagt: «Steh auf, du brauchst Hilfe. Wenn du zu lange schläfst, schläfst du vielleicht für immer. Vergiss das nicht.» Und Mama hat gesagt: «Ich weiß, wie du das meinst.» Sie hat sich am Geländer hochgezogen und hat sich weiter über die Stiege hinaufgeschleppt.

Sie kamen im dritten Stock an, da war die Nacht schon weit. Tochter sperrte die Tür auf und machte Licht. Mama wartete, an den Türstock gelehnt. Dann sank sie nieder, und als sie niedersank, glitt der Mantel von ihrer Schulter, der ja nur ein Fetzen war, den der Schneider hatte loswerden wollen. Soll ich mich um diesen Mantel bemühen, dachte Mama. Wie viel Mühe wird es mich kosten, ihn aufzuheben! Wie viel Mühe, meine Arme in die Ärmel zu schieben! Und wird es der Mühe wert sein? Nein. Er ist wie nichts. Er soll bleiben, wo er ist. Er bedeutet mir nichts. Der helle, gefütterte, der mit dem Pelzkragen und dem Pelzbesatz an den Ärmeln, der hätte mir etwas bedeutet. Für ihn hätte ich mir Mühe gegeben. Aber für den da nicht. Nein.

«Hallo!», rief Tochter. «Ist jemand da?»

Sie ging in die Küche. Dort war niemand.

«Wenn er lernt, sitzt er immer in der Küche», sagte Tochter.

Sie ging ins Schlafzimmer und schaltete das Licht an.

Eine Frau lag im Bett, die richtete sich auf und schrie. «Was willst du hier!», schrie sie. «Bist du wahnsinnig geworden! Kannst du nicht klingeln? Mich hätte der Schlag treffen können!»

Und Ähnliches mehr schrie sie. Schließlich beruhigte sie sich. «Er ist nicht da», sagte sie. «Ich weiß nicht, wo er ist, ich weiß nicht, wann er kommt.»

Mama tastete sich zu Tochter. «Warum spricht sie unsere Sprache?», fragte sie in ihr Ohr hinein. «Warum spricht der Hausmeister unsere Sprache? Bitte, erklär mir das.»

Aber Tochter erklärte es ihr nicht. «Er ist nicht da», sagte sie. «Sie weiß nicht, wo er ist, und weiß nicht, wann er kommt.»

«Das habe ich verstanden», sagte Mama.

«Und wer bist du?», fragte die Frau, die eben noch geschlafen und eben noch geschrien hatte, und hielt ihr Gesicht nahe an das Gesicht von Mama. «Bist du seine Mutter?» Aber nun klang ihre Stimme nicht mehr böse. Sie sagte sogar: «Tut mir leid, dass ich vorhin so geschrien habe. Ich bin eben erschrocken.»

«Mir tut es leid», sagte Mama. Aber sie merkte, dass sie nichts gesagt hatte, dass sie nur etwas hatte sagen wollen. Weiter hätte sie gern gefragt, ob sie sich eine Minute in das Bett legen dürfe. Sie sagte es nicht.

«Wer bist du?», fragte die Frau noch einmal. «Ich will wissen, wer du bist.»

Mama blicke zu Tochter, und Tochter blickte zu Boden.

«Können wir hier auf ihn warten?», fragte Tochter.

«Wollt ihr mir das nicht sagen? Warum nicht?», fragte die Frau. Und nun klang ihre Stimme wieder böse. «Warum wollt ihr mir nicht sagen, was hier vorgeht?»

«Wir setzen uns in die Küche und sind ganz leise», sagte Tochter. «Du kannst weiterschlafen. Wir stören dich nicht. Wir warten nur.»

«Erst möchte ich wissen, wer sie ist», sagte die Frau.

«Sie hat mir ihren Namen nicht genannt», sagte Tochter.

«Dann soll sie ihn mir nennen!»

«Das will sie nicht.»

«Kann sie nicht für sich selber reden?»

«Ich rede für sie.»

«Und warum?»

«Sie kann nicht mehr reden. Sie braucht Hilfe.»

Ich kann doch reden, wollte Mama sagen. Aber sie sagte es nicht.

«Wenn ich nicht weiß, wer sie ist, dann will ich nicht, dass ihr in der Küche auf ihn wartet. Dann müsst ihr gehen.»

Und so mussten sie wieder gehen.

Auf der Straße hörte Mama einen Zug vorbeifahren, aber sehen konnte sie ihn nicht. Inzwischen hatte es zu schneien begonnen.

«Mach dir keine Sorgen», sagte Tochter. «Ich weiß, was wir machen. Ich weiß, wo er ist, und ich werde ihn holen. Du brauchst mir nicht zu antworten. Das strengt dich nur an. Komm, schau, ich mach einen Buckel, leg dich auf mich drauf, so trag ich dich. Wenn deine Füße am Boden nachschleifen, das macht nichts. Ich habe viele Freunde, das weißt du, das habe ich dir erzählt. Ich bringe dich zu einem Freund, dort kannst du bleiben, bis ich mit dem anderen komme, der dir hilft. Ja, leg dich auf mich. So ist es richtig. Ich bin stärker, als du denkst. Ich sehe nur so schwach aus. Du findest, ich sehe nicht schwach aus? Die meisten sagen, ich sehe schwach aus. Es ist nicht mehr weit. Dort vorne ist der Güterbahnhof, dort gehen wir hin. Halt dich an mir fest. Diesem Freund dort muss ich etwas bezahlen, damit du bei ihm bleiben kannst. Er verlangt nicht viel. Warte. Ich muss rasten. Gleich bin ich wieder bei Atem. Schauen wir noch einmal in den Taschen deines Mantels nach. Ob wir ein paar Münzen finden. Wo ist dein Mantel? Wo hast du ihn gelassen? Wo hast du ihn verloren? Ach, er war ja doch nur ein Fetzen, der nicht gewärmt hat und den der

Schneider hatte loswerden wollen. Dann schauen wir in deiner Jacke nach. Kann doch sein. Sag ich's doch! Da ist eine Münze. Zwanzig Cent. Und da noch eine. Und noch eine. Ist nicht viel. Aber besser als nichts. So, und jetzt komm wieder. Leg dich auf mich drauf. Ich trage dich. Gleich sind wir da.»

Dann waren sie beim Güterbahnhof angekommen.

«Ich muss dich einen Augenblick allein lassen», sagte Tochter. «Ich muss meinen Freund suchen, der den Güterbahnhof bewacht. Er ist nicht weit, aber ich muss ihn suchen. Bleib hier sitzen. Ruh dich aus. Ich bin gleich wieder da. Du hast gesagt, du vertraust mir. Also vertraue mir.»

Mama vertraute ihr.

Sie lehnte am Rad eines Güterwagons. Sie fror nicht mehr. Und Hunger hatte sie auch nicht. Sie schloss die Augen. Ein wenig Schlaf, dachte sie, nur ein wenig.

Sie erwachte, weil einer etwas gesagt hatte. Was hatte er gesagt? Ein Mann hatte etwas gesagt. «So ein Zufall», hatte er gesagt. Es war der Mann mit dem Hütchen.

«So ein Zufall», sagte er wieder.

Er setzte sich neben sie. Es regnete ein bisschen, und ein paar Schneeflocken waren auch dabei. Aber das störte sie nicht.

«Sind dir ein paar Reime eingefallen?», fragte er. «Ich darf doch du zu dir sagen?»

«Das darfst du, ja», sagte Mama.

«Hast du inzwischen eine Zigarette?», fragte er.

«Ja, zwei», sagte sie. Aber dann fiel ihr ein, dass die Zigaretten in ihrem Mantel steckten und die Streichhölzer auch. «Nein», sagte sie, «ich habe keine Zigaretten, tut mir leid.»

«Macht nichts», sagte der Mann mit dem Hütchen.

Er legte seinen Arm um sie, und wieder spürte sie seine warme Hand durch ihre Jacke hindurch. War er inzwischen zu Hause gewesen und hatte sich aufgewärmt an seinem prächtigen Ofen? Oder konnte es tatsächlich sein, dass die Wärme eines Rockkonzerts so lange anhielt? Aber wenn er zu Hause war, warum hat er sich wieder auf den Weg gemacht? Um mich zu finden? Aber wenn er zu Hause war und sich wieder auf den Weg gemacht hat, um mich zu finden, warum hat er sich nicht umgezogen, wie er es sich vorgenommen hatte? Weil er keine Zeit verlieren wollte? Warum wollte er keine Zeit verlieren? Weil er fürchtete, er könnte zu spät kommen?

«Wenn wir doch nur *Zigaretten hätten*», sagte er nach einer Weile. «Das ist ein Reim. Jetzt bist du dran.»

«Ich weiß keinen», sagte Mama.

«Denk nach, bitte!»

«Wenn wir doch nur *Zigaretten hätten*», sagte sie.

«Das ist ein Reim, ja», sagte er. «Weißt du noch einen?»

«Du bist dran», sagte sie.

«Wenn wir doch nur *Zigaretten hätten*», sagte er. «Jetzt wieder du.»

«Ich weiß wirklich keinen mehr», sagte sie.

«Macht nichts», sagte der Mann mit dem Hütchen und stand auf. «Ich bin schon weg. Höchste Zeit für mich.»

Da sah Mama auch schon Tochter kommen, mit jemandem an ihrer Seite.

Es war der Mann, der die Schienen und die Wagons bewachte.

Tochter gab dem Mann das kleine Geld, damit er ihnen einen Wagon aufschließt. Aber es war ihm zu wenig.

«Was soll ich mit sechzig Cent», sagte er. «Das ist eine Beleidigung! Ich bin immer auf die gleiche Art beleidigt worden. Immer habe ich zu wenig bekommen. Ich verlange nicht viel und bekomme doch immer zu wenig. Einmal, nur einmal, einmal möchte ich zu viel bekommen. So viel, dass ich sage: Nein, danke, das war zu viel, nehmen Sie einen Teil zurück. Ich bin ein bescheidener und ehrlicher Mann. Aber wenn man immer zu wenig bekommt, kann man Bescheidenheit und Ehrlichkeit nicht demonstrieren. Ich würde gern einmal zeigen, dass ich ehrlich und bescheiden bin. Kann man das denn nicht verstehen?»

Mama nickte und sagte, und sie sagte es dicht an Tochters Ohr, denn ihre Stimme war nun nur noch sehr klein:

«Heb deine Hände!»

Und Tochter hob ihre Hände.

«Spreiz deine Finger!»

Und Tochter spreizte die Finger.

Da pflückte Mama Münzen von den Kuppen und gab sie dem Mann, so viele Münzen, bis der Mann sagte: «Danke, das ist genug. Mehr will ich nicht, mehr brauch ich nicht.»

Der Mann schloss die Tür des Wagons auf, schob sie zurück, sodass Mama hineinkriechen konnte.

«Hier warte», sagte Tochter. «Ich geh und hol den Freund, der dir hilft.»

Und dann war Mama endlich allein.

Man darf singen, aber man muss nicht. Wenn man den Hals gerade nicht frei hat, beschwert sich niemand.

Es war dunkel und war nicht kalt. Es war nicht feucht, und niemand schrie sie an. Und die Wunde tat nicht weh. Sie hatte keinen Hunger, nur ein wenig Durst. Ruhig war es hier. Jetzt war alles gut. Auch dass sich der Zug nun bewegte, war gut.

Monika Helfer, geboren in Au im Bregenzerwald, hat zahlreiche Romane, Erzählungen und Kinderbücher veröffentlicht und wurde dafür vielfach ausgezeichnet. Zuletzt erschien in der Reihe Bibliothek des Alltags «Bettgeschichten und andere».

Michael Köhlmeier lebt als Schriftsteller in Hohenems und Wien. Zahlreiche Veröffentlichungen und Preise.